SÜDEN, SONNE, HERZSTATION

Der Autor

Hans Bednar, geboren 1948 in Steyr, hat sich zeitlebens nie auf nur einen Schwerpunkt festgelegt. Das Studium der Geographie und Anglistik führte ihn zum Lehrberuf, den er bis 2008 ausübte. Aus dem Interesse an der weiten Welt ergaben sich längere Auslandsaufenthalte, zuerst zu Studienzwecken, später als Entwicklungshelfer: ein Jahr in England, zwei Jahre in Südfrankreich, häufige kürzere Tätigkeiten in Thailand und in verschiedenen Ländern Afrikas, wo er mehrere Landkarten zeichnete. Gleichzeitig trat der Autor mit Illustrationen in Büchern und Zeitschriften sowie mit der Publikation von Cartoonbüchern an die Öffentlichkeit. Mit dem Buch „Südheide"(2003) wandte er sein geografisches Interesse der Region südlich von Wien zu. Nach dem Abschied aus dem Schuldienst widmete sich Hans Bednar verstärkt dem schon früher begonnenen Weinbau und den ebenfalls lange zurückreichenden Aktivitäten als Maler. Hans Bednar ist verheiratet und Vater von 2 erwachsenen Kindern.

Das Buch

Auf einer Reise in Südfrankreich erleidet der Autor einen Herzinfarkt. Was als Urlaubsreise begonnen hat, wird zu einer Odyssee durch diverse Hospitäler. Das vorliegende Buch ist ein authentisches Tagebuch, illustriert mit Radierungen, die der Autor bei früheren Aufenthalten in der Region entworfen hat.

SÜDEN, SONNE, HERZSTATION

Notizen einer abenteuerlichen Reise

HANS BEDNAR

© Hans Bednar 2011

Herstellung und Verlag: Books on Demand GmbH,
Norderstedt
ISBN 9 783 842 334 946

Illustrationen (Radierungen) und Umschlagbild:
Hans Bednar

Eigentlich hätte das Buch den Titel haben sollen AM STRAND VON RANGUEIL. Rangueil ist ein Vorort von Toulouse. Bis zum Atlantik sind es 300 Kilometer, zum Mittelmeer ebenfalls. Und doch: gelegentlich wird einer halbtot hier angeschwemmt. Weil niemand diesen Strand kennt, hat das Buch einen anderen Namen bekommen.

Freitag, 15. August – ein Feiertag.

In 6 Tagen habe ich meinen 55. Geburtstag. Aber es gibt nichts zu feiern.

Ich befinde mich in einem Zimmer, dessen Nummer ich nicht kenne, im 6. Stock – glaube ich – der Universitätsklinik von Toulouse. Wenn ich mir den Kopf verrenke, kann ich durch das Balkonfenster einen Blick über die Stadt werfen. Nichts sagend, aus dieser Perspektive. Mein Zimmerkollege wartet auf ein Spenderherz für eine Transplantation. Bis dahin geht er munter im Zimmer auf und ab, was mir nicht vergönnt ist. Mit meinem linken Handgelenk hänge ich an einer Infusion , mit dem rechten Handgelenk an einer ganzen Bewässerungsanlage mit verschiedenen Zuläufen und Kupplungen, in der Leistenbeuge steckt ein Katheter, der über die Arterien zum Herz führt. Und über die Brust verteilt ein Gewirr von Elektroanschlüssen, die die Herzströme messen. Langsam habe ich gelernt, mich trotzdem ein wenig zu bewegen, indem ich mit dem beweglichen Bein das Beistelltischchen herbeiangle, zum Urinieren mich auf die rechte Seite kippe, sodass das Wasser abfließen kann. Jetzt habe ich sogar Papier zum Schreiben besorgen lassen. Ich habe mich also, so gut es geht, adaptiert.

Vor genau einer Woche hat das hier angefangen. Die Tage waren extrem heiß, wir haben eine Rekordhitzewelle hier in Südfrankreich – Temperaturen um die 40 Grad und darüber, Tag für Tag. Um ein wenig Sport zu betreiben und um aus dem Hitzegefängnis zu entkommen, bin ich in der Morgenkühle zu einer Radtour entlang des Tarn aufgebrochen. Obwohl ich vorgewarnt war, passierte es doch wieder: Ich kehrte erst in der Gluthitze der Mittagstunden zurück, schleppte das Fahrrad durch den seichten Fluss und kam trotzdem guten Mutes ins Ferienhaus heim.

Irgendwann in den nächsten Stunden wurde ich zunehmend müde, was ich ja nach dem Sport gut akzeptieren konnte. Auch nach der Siesta wollte ich das Bett nicht verlassen, und als unsere Urlaubsgesellschaft - Traude, ihr Bruder Lorenz und seine Frau Hedwig - am Abend zu einem Dorffest fuhr, blieb ich daheim und begnügte mich mit dem Fernsehprogramm, das mindestens so dümmlich ist wie bei uns.

Die Nächte in dem Ferienhaus waren ein Erlebnis für sich. Endlich kühlte die Atmosphäre ein wenig ab, gegen Morgen wurde es sogar richtig frisch. Aber wer sich der angenehmen Nachtfrische hingeben wollte, musste irgendwie mit den Moskitos fertig werden. Wir – Traude und ich – hatten ein Moskitonetz zur Verfügung, in dem wir uns so kunstvoll verbarrikadierten, dass uns die Gelsen nicht erreichen konnten - abgesehen von einigen wenigen Ausnahmen. Dafür schliefen wir in einem Gewirr von Tüchern, Pölstern und Netzen hauteng aneinandergedrängt, und ein eventueller nächtlicher Klogang wurde zur Geschicklichkeitsrallye.

Diese Nacht, und am folgenden Tag, wuchs der Schmerz im Rücken und auf der Brust in einem bisher unbekannten Ausmaß. So, als hätte ich in jedem Muskel oberhalb des Nabels einen akuten Muskelkater. Obwohl ich so etwas noch nie in dieser Vehemenz kennengelernt hatte, war mir doch die Art der Schmerzen nicht unbekannt. Ich verließ mich – wie üblich – auf mein Körpergefühl, schlief den ganzen Tag, trank eine Menge Wasser und hatte überhaupt keinen Appetit. Alles zusammen hielt ich für eine Auswirkung der Hitze. Die Luft war unerträglich heiß, das Haus nicht viel kühler. Und auch ich war heiß. Wie eine halbtote Fliege schleppte ich mich von einem Lager zum anderen. Wenn ich mich entsprechend ausschlafe, wird es schon gut werden. An einen Herzinfarkt dachte ich keine Sekunde. Eher an eine Grippe oder eine Vergiftung durch das Baden im Fluss. Jetzt auf einmal ekelte mich vor dem Flusswasser, in dem ich bisher mehrmals täglich geschwommen war. Mich ekelte vor vielem, vor allem vor dem Essen. So etwas hatte ich schon einmal erlebt, als ich am oberen Nil an einer Hepatitisinfektion erkrankt war.

Immer wieder überlegte ich: „Was ist das?" Und wenn Traude sagte: „Geh ins Krankenhaus!", dann winkte ich ab. Was sollten die Ärzte sagen, bei einer so unspezifischen Krankheit? Ich bin stolz darauf, die Reaktion der Ärzte voraussehen zu können. Fast immer hatte ich bisher recht. Dieses Mal aber sollte sich mein Misstrauen gegen die Ärzte als schwerer Fehler herausstellen.

Am Abend passe ich wieder. Hedi und Lorenz fahren von einem Dorffest zum nächsten. An einem der Abende – war es an diesem Tag oder am Vortag? – regnet es. Ein Wunder in der monatelangen Dürre. Der Regen macht das Liegen im Bett noch angenehmer. Ich nehme mir Muße zum Kranksein und genieße es zum Teil. Zum anderen Teil sind da die Muskelschmerzen und die Verzagtheit. Die Krankheit spüre ich auch als psychische Schwäche. Bevor ich mich am Freitag ins Bett lege, habe ich noch einen Streit mit Lorenz, dessen nicht enden wollender Monolog mich nervt. Im Nachhinein gesehen war mein aggressiver Anfall aber auch ein Vorspiel der kommenden Krise. Lorenz und ich haben übrigens in der Folge kein Wort mehr über den Streit verloren und uns zueinander betont freundlich verhalten.

Sonntag. Wieder sind 40 Grad angesagt. Am Abend wollen wir eine Weinmesse in Gaillac besuchen, um einige Flaschen als Mitbringsel zu kaufen. Unsere Gastfamilie hat uns auf einen besonderen Weinbauern hingewiesen, der biologischen Wein produziert. Die Flasche, die sie uns geschenkt hatten, habe ich fast allein ausgetrunken - mit großem Genuss. Aber im Augenblick ist mir jeder Geschmack abhanden gekommen. Also: Wir wollen am Abend in Gaillac den Wein kaufen, von dem wir wissen, dass er uns einmal geschmeckt hat. Jedenfalls ich will das, immer auch die Hochzeit eines befreundeten Paares im Kopf, zu der wir wahrscheinlich nicht rechtzeitig heimkommen werden. Wie kann man auch eine Hochzeit mitten in den Ferien planen? So etwas schafft unweigerlich schwerwiegende Interessenskonflikte. Ob sie an das gedacht haben?

Gaillac am Abend also, und vorher Cordes, ein besonders pittoreskes Städtchen aus der Katharerzeit. Jeder, der die Region touristisch bereist, macht hier einen Zwischenstopp. Wir fahren mit zwei Autos, damit wir unabhängig voneinander zum Haus zurückkehren können, falls mir die Luft ausgeht.

Cordes heißt eigentlich Cordes sur Ciel – auf dem Himmel – und der Weg hinauf ist steil. Ein stetiger Zug von Touristen strebt hinauf. Mit Mitgefühl schaue ich einer arabischen Frau zu, die zur Gänze verhüllt ihren Sprössling im Kinderwagen die steile Kopfsteinstraße hinaufschiebt. Ich stelle mir vor, was wäre, wenn sie den Kinderwagen auslassen würde. Sie grüßt mich freundlich: „Bonjour, monsieur!" Hinter ihr schiebt auch eine asiatische Frau ihren Sprössling gen Himmel. Auch sie lächelt mir freundlich-säuerlich zu.

Meine Energie reicht für den halben Berg, dann strecke ich auf einer Bank unter einer Platane - oder ist es eine Linde? - alle Viere von mir. Während die anderen Drei den Himmel erobern, lasse ich den Wüstenwind über meine Haut streicheln, höre den Tauben beim Gurren zu und nehme die Schritte und Gespräche der sich abmühenden Touristen wahr. Ich habe die Augen geschlossen und erlebe Cordes sur Ciel aus der Perspektive eines Hörspiels. Neben Französisch wird vor allem Spanisch gesprochen.

Ich mag so reine Touristenorte nicht und habe nicht das Gefühl, in Cordes im Himmel viel versäumt zu haben. Ob Hedwig den Kunsthandwerksspiegel, den sie beim Aufstieg gekauft hatte, auf dem Rückweg auch wirklich in dem Geschäft abgeholt hat? Ich habe mich nie danach erkundigt.

Wir fahren die 30 Kilometer zum Haus zurück, um in den Genuss einer Siesta zu kommen. Die Luft lastet brennend heiß über dem Land, doch im Haus ist es um einige Grad kühler, wenn alle Fenster und Vorhänge geschlossen sind. Dafür muss man in Kauf nehmen, dass kein Lufthauch die Haut kühlt. Ich werfe mich auf das Bett und genieße den Schlaf der Erschöpfung.

Die Krankheit ist vorbei, soweit es nach mir geht. Zwei Tage schlafen, damit ist so ein Irgendwas schon ausgestanden. Lorenz und Hedwig kommen aus Gaillac zurück und scheinen eher enttäuscht zu sein. Sie erzählen von einer Weinmesse, bei der dem Besucher zuerst eine Broschüre in die Hand gedrückt wird, die ihn zum Sommelier ausbilden will. Das fängt damit an, ihn in die geheime Fachsprache einzuführen, mit der zuerst einmal das Aussehen des Weins gewürdigt wird. Dann der Geruch. Und so weiter. Bis zum Verkosten des Weins sind sie dann nicht mehr gekommen. Sie haben sich erkundigt, wo der biologische Weinbauer verkauft und ihm sechs Flaschen - von jeder Sorte eine, die salomonische Auswahl – abgenommen. Dass der Bio-Weinbauer nicht mit dem identisch war, dessen Wein wir gekostet hatten, war dann eigentlich nebensächlich.

Traude und ich verschieben die Gaillac-Fahrt auf den kommenden Tag und fahren statt dessen ins nahe Albi, auf ein kleines Bier. Da weiß man, was man bekommt.

Die Domaine de Martens bei Gaillac ist nicht so einfach zu finden. Wie spricht man „Martens" auf Französisch aus? Ich frage eine Bäuerin bei einem wunderschönen Landgut, umrahmt von Palmen und Zypressen: „On cherche le domaine de Martens" (mit „au" am Schluss. „Eh?" Ich zeige ihr den Namen in

einem Prospekt – „Ah, le domaine de Mart<u>ens</u>!" (mit „ens" am Schluss – waschechter Accent du Midi). Und dann kommt die Wegbeschreibung: „Bei der ersten Kurve links, die zweite Straße beachten Sie nicht, dann...." Nachdem sie sich endlos verhaspelt hat, greift sie zu einem abgebrochenen Ast und zeichnet eine Skizze in den Sand. Ich bedanke mich und mache ihr ein Kompliment über die schöne Lage des Hofes. Sie fängt an, über die Dürre zu klagen, die die Bäume die Äste abwerfen lässt.

Nach einigem Spazierenfahren erreichen wir das Weingut und kaufen – so wie vor uns Hedwig und Lorenz – von jedem der angebotenen Weine eine Flasche. Mein Geschmackssinn hat mich seit Tagen verlassen, und einem Weinfeinspitz wie Günther, dem Bräutigam, Wein zu schenken, ist eigentlich nichts anderes als ein Griff ins offene Messer. Für unsereins kaufen wir den bescheidenen Wein, der mir schon einmal geschmeckt hat.

Eigentlich möchte ich vorzeitig aufbrechen. Auf ins geliebte Montpellier am Mittelmeer, 300 Kilometer von hier, wo ich einmal zwei Jahre gelebt habe, wo meine Tochter geboren wurde und das die Träume meiner Jugend verkörpert. Was wollte ich nicht alles werden, in jener Zeit: Künstler, Weltenbummler,

Aussteiger. Was sagt mir diese Stadt heute? Ich habe ein bisschen Bauchweh vor dem Wiedersehen, andererseits freue ich mich wie irr darauf. Ich bin froh, dass Traude mit dabei ist, sodass ich nicht ganz in Nostalgie versinke. Aber wie wir so über den Aufbruch sprechen, fangen die Brustschmerzen wieder an und zurück im Haus werfe ich mich gleich wieder aufs Bett. Zugleich steigt in mir wieder diese Verzagtheit auf, weil die Krankheit nicht und nicht aufhören will. Von einem Aufbruch am nächsten Tag kann wieder keine Rede sein. Traude ist froh darüber.

Ich klage vor mich hin, was für eine komische, unspezifische Krankheit ich wohl habe, und da wirft Lorenz ein, dass angeblich auch Herzinfarkt so ähnliche Symptome habe. Ich werde stutzig: Alles ist mir recht, aber bitte um Himmels Willen keinen Herzinfarkt! Ich beschließe auf der Stelle, ins Spital nach Albi zu fahren, um diese Möglichkeit auszuschließen.

Die Notaufnahme im Spital von Albi kennen wir schon. Vor einer Woche war Traude krank, und wir waren ganz hingerissen von der Hilfsbereitschaft des Personals in unserer unbequemen Situation. Wir betreten also mit einem gewissen Vertrauen in die Institution die Notaufnahme und ich erkläre – mit ziemlich schwacher Stimme – dass ich ein EKG machen wolle. Zu diesem Zeitpunkt bin ich schon recht demoralisiert.

Eigentlich bin ich zur Notaufnahme gegangen, um die Möglichkeit eines Herzinfarkts auszuschließen. Seither bin ich im Netz des Gesundheitssystems hängen geblieben. Das erste EKG weist auf einen Herzinfarkt hin, und ich werde auf eine Bahre gelegt, in Windeseile durch das Haus geschoben, immer nur den Pfleger und den schnell vorbeigleitenden Plafond im Blickfeld. Sobald ich in der Überwachungsstation abgegeben bin, wird mir mein Touristenoutfit – kurze Hose, T-Shirt, Plastiksandalen – abgenommen. Es bleibt mir nur mehr ein Slip und ein weißes Leintuch. Ich bin praktisch ein anderer Mensch, auch wenn die Füße noch vom Straßenschmutz starren.

Traude ist die ganze Zeit dabei und ich bin sehr dankbar dafür. Eigentlich haben wir für den Abend einen Ausflug mit den beiden anderen vereinbart, und es gelingt Traude nicht, telefonisch mit ihnen Kontakt aufzunehmen, um ihnen mitzuteilen, wie sich unsere Ferienpläne geändert haben.

Vor einer halben Stunde noch bin ich aus eigener Kraft zum Spital gekommen, nach einem Besuch beim Weinbauern, von jetzt an ist jede Form der Eigenaktivität streng untersagt. An mehrere Infusionsbeutel gleichzeitig angeschlossen, die den Blutdruck und die Herzfrequenz steuern sollen, zugleich zigfach verkabelt, sodass ich jede meiner Herzregungen in Echtzeit auf einem Bildschirm verfolgen kann. „Diese eine Zacke hier" erklärt mir der Arzt Dr. Galley, „weist darauf hin, dass Sie einen Herzinfarkt entwickeln." Er ist rundlich, jovial, etwa mein Alter, sympathisch. Er bemüht sich auch, immer Englisch zu sprechen, was mir und vor allem Traude die Kommunikation erleichtert. Er geht zuerst davon aus, dass der Herzinfarkt noch dabei ist, sich zu entwickeln, eine Prämisse, die sich später als falsch herausstellt. Ich hätte an dem Tag, als die Schmerzen am größten waren, ins Spital fahren sollen – das hätte eine dauerhafte Schädigung des Herzens verhindert.

Dr. Galley erklärt uns das Programm: Er wolle zuerst versuchen, medikamentös die Arterie zu lösen. Wenn das nicht erfolgreich sein sollte, dann müsste man mit einer Sonde ins Herz fahren und die Arterie mechanisch erweitern. Georges, der Pfleger, der bei der Aufnahme die wichtigsten Arbeiten durchführt, erklärt mir die ganze Sache noch einmal in einem Kauderwelsch aus Französisch, ein paar Brocken Englisch und viel Gestikulation. Er ist Mitte Dreißig, mit Flinserl im Ohr, 3-mm-Bürstenschnitt und Glatze – ein ganz netter Prolo. Er flößt mir in der Anfangsphase am meisten Vertrauen ein.

Sonst herrscht ein Gewimmel von Schwestern und Pflegerinnen, ein paar kann ich mir merken, aber das ist bei dem ständigen Wechsel nicht einfach.

Dr. Galley und der Pfleger Georges bringen mir dann einen mehrseitigen Zettel zum Unterschreiben, womit ich meine Zustimmung erteile, dass ich an einem Versuchsprogramm teilnehme, wobei die verabreichten Medikamente aus Objektivierungsgründen auch Placebos sein können. Sehr lustig! Soll also mein Herzinfarkt mit Placebos behandelt werden, damit ein multinationales Pharmaunternehmen seine Medikamente testen kann?

Andererseits: Hilflos und abhängig, wie ich da so hundertmal verkabelt daliege, wie könnte ich da – wie ich es sonst wohl tun würde – die Sache politisch korrekt in Frage stellen? Natürlich nehme ich den Griffel und gebe meine Unterschrift. In der Folge werden mir Unmengen von Blutproben abgenommen, ein nicht unwesentlicher Teil zur Gewinnsteigerung einer amerikanischen Pharmafirma.

Ich bringe später ein paarmal das Gespräch auf die Tests – es stellt sich heraus, dass ich zugestimmt habe, dass meine Blutproben irgendwo endlos aufbewahrt werden – und ich frage einige Leute, warum das Spital bei diesem amerikanischen Projekt mitmache. „Weil wir einen Beitrag zum medizinischen Fortschritt leisten wollen", sagt die Schwester, ganz lieb. Dr. Galley meint, es gibt in diesem Geschäft nur mehr Amerika, die hätten alles aufgekauft.

Nicht viel später ruft der erste Amerikaner an. Es ist Marcel. Traude hat sich bemüht, meinen Neffen telefonisch zu kontaktieren. Als gelernter Internist und Forscher stellt er dem französischen Arzt die entsprechenden fachlichen Fragen. Wenn extra ein Arzt aus Seattle wegen mir anruft – das steigert schon meinen Status in dieser fremden Umgebung.

Traude checkt unheimlich viel. Es stellen sich langsam Fragen: Wer soll das bezahlen? Wie soll ich von hier wegkommen? Traude arbeitet im medizinischen Sektor und aktiviert ihre Arbeitkolleginnen, um einen Kontakt zur Krankenkasse herzustellen, die sich ihrerseits mit dem Spital in Verbindung setzt. Ich bin heilfroh, dass in der EU insgesamt noch ein sozialstaatliches System funktioniert. Ich zapple in Frankreich im Netz der High-Tech-Medizin und trotzdem stellt sich die Geldfrage erst in zweiter Linie. Ich erinnere mich an einen Vorfall vor vielen Jahren, als Johannes 3 Jahre alt war und sich den Arm ausrenkte. Das passierte in einem Nationalpark in den USA. Wir fuhren 80 Meilen ins nächste Spital. Dort angekommen, zog sich Johannes die Jacke aus, und dabei renkte sich der Arm von selbst wieder ein. Das Spital verlangte 100 Dollar.

Bezüglich der Rückreise habe ich unverdientes Glück. Meine Kreditkarte, die ich nur aus Faulheit im Juni nicht gekündigt habe, umfasst auch eine Reiseversicherung. Nichts wie rein in den Lear-Jet auf Kreditkartenkosten! Nie wieder werde ich die Kreditkarte kündigen, das steht fest.

Traude organisiert viel im Hintergrund und die Fragen klären sich zusehends. Bei ihr im Hotel ist jetzt auch Johannes aufgetaucht, der bei seiner Interrailreise auf dem Weg von Holland nach Portugal ein Stop-over im elterlichen Feriendomizil in Südfrankreich einlegen wollte. Als ihm Lorenz per SMS mitteilte, dass ich einen Herzinfarkt hätte, hielt er das für eine der üblichen Redewendungen: der Papa wird einen Herzinfarkt kriegen, wenn ich auftauche – so etwa.

Ich freue mich sehr, ihn zu sehen. Er scheint ein bisschen hilflos in der Situation, aber nichtsdestoweniger bin ich froh, meine engste Familie um mich zu haben. Bisher wollte ich die Kinder nicht durch die schlechte Nachricht beunruhigen, aber jetzt wird es langsam Zeit, auch Kathi und Annemie zu verständigen. Kathi, meine Tochter, ist angeblich auf Urlaub in Irland, und meine Schwester treibt sich mit alten Freundinnen in den kanadischen Rocky Mountains herum.

Im Laufe der folgenden Tage verdichten sich die Telefonkontakte. Kathi kriege ich erst ein paar Tage später an die Leitung, sie ist recht schockiert und weint. Aber mit dem persönlichen Sprechen kehrt auch die Normalität zurück. Sie erzählt mir, dass sie nicht nach Irland gefahren ist und beschreibt mir ihren Wohnungsumzug in Wien.

Der fleißigste Anrufer ist Marcel. Er telefoniert regelmäßig mit den Ärzten und gibt mir dann seine Kommentare dazu. Ich bin ihm sehr dankbar. Das hebt mich aus der Krankenhausroutine heraus, wo man sich um jede Information bemühen muss. Und manchmal sind die Informationen widersprüchlich.

Aber so viel Info zum Krankheitsverlauf gibt es auch nicht, und so tratschen wir immer wieder stundenlang, vor allem über Familienangelegenheiten: Wie es ihm mit seiner Frau geht, den Kindern und so weiter. Als ich ihm sage, dass ich mich sehr über unsere enge Verbindung freue – er ist schließlich in den USA aufgewachsen, aber wir stehen uns ganz nahe – macht er mir eine Eröffnung, die mich gänzlich zerfließen lässt: Ich sei für ihn in mancher Hinsicht ein wichtiges Vorbild gewesen, wie man ein Mann sein kann: in Bezug auf Reisen, Sport und Kindererziehung. Ich freue mich, trotz Herzinfarkt.

Auf der Überwachungsstation im Spital von Albi liegen im Augenblick zwei Patienten und es gibt genug Personal. Die Rationalisierungsmaßnahmen sind hier noch nicht in voller Radikalität durchgeführt worden. Ich genieße es, wie ein Mensch behandelt zu werden, mit Namen und persönlicher Geschichte. Traude und Jo sind ständig präsent. Wenn Traude sich um ein Hotel erkundigt, ruft ein Pfleger bei einem nahe liegenden Hotel an, um ihr ein Zimmer zu buchen. Wenn sie die Zugverbindung nach Toulouse wissen will, suchen die Pflegerinnen ihr den Fahrplan heraus. Alle sind nett, ich bin für sie exotisch und auch ein Versuchskaninchen. Ob diese Medikamentenversuche mit allen Patienten gemacht werden, frage ich. Nein, da müssen verschiedene Voraussetzungen stimmen. Welche Voraussetzungen das sein sollen, will ich mir gar nicht ausmalen.

Am zweiten Tag im Spital fragt mich ein Pflegeschüler namens Florent, ob er mich am nächsten Tag als Demonstrationsobjekt vorführen darf. Ich finde das alles eher lustig und lasse mich von ihm von Kopf bis Fuß waschen. Er ist noch ziemlich unbeholfen und bei der Rasur ziehe ich doch lieber die dicke, resolute Pflegerin hinzu, die hier das Heft in der Hand hat. Mir werden ständig blutverdünnende Mittel injiziert, sodass ich bei einem kleinen Schnitt mit der Rasierklinge ohne Ende ausrinnen würde. Aber waschen darf er mich, und wie er zu den Zehen kommt, ist mir der Urlaubsgrind auf der Fußsohle doch ein wenig peinlich. Ich versuche, ihm zu erklären, warum ich so schmutzig bin, aber es scheint ihm kein Problem zu sein. Dann kommt die Intimwäsche, und ich beneide ihn nicht, wie er mir den Hintern und die Eier mit einem Waschlappen säubert. Das Ganze könnte mir peinlich sein, ist es aber nicht. Ich denke an thailändische Massagesalons. Eine Intimwäsche als Teil einer kommissionellen Prüfung kann ich mir aber doch nicht vorstellen. Eigentlich hängt es davon ab, wie die Kommission aussieht.

Am nächsten Tag stellt sich heraus: die Prüfung wird nur von einer Krankenschwester abgenommen. Diese ist nicht streng und ein netter Anblick. Florent verzichtet trotzdem auf die Intimwäsche, er gibt mir

nur eine Schüssel und meint, ich solle mich waschen.
Auf die Rasur verzichte ich aus den bekannten
Gründen von vornherein. Eigentlich bietet der liebe
Florent eine schwache Leistung, weit entfernt vom
Vollkörperservice des Vortages. Aber er dürfte die
Prüfung bestanden haben.

Das wahre Urteil kommt von der Pflegerin, unter
deren Fuchtel er lernt: „Das ist unmöglich, das da: Das
Leintuch nicht gewechselt, nicht rasiert, das nicht und
das nicht. Gut für dich, dass du die Prüfung bestanden
hast, aber wenn's nach mir ginge..." Florent schleicht
wie ein begossener Pudel im Krankenzimmer auf
und ab. Ich schmier ihr ein wenig Honig ums Maul:
„ Ich habe beim Rasieren viel mehr Vertrauen in Sie,
deshalb wollte ich es nicht von Florent machen lassen."
Sie schimpft noch ein bisschen über die Jungen
heutzutage, die keine Motivation hätten. Florent wollte
eigentlich Jus studieren, da ist es verständlich, dass
er kein hypermotivierter Krankenpfleger sein kann.
Ich ersuche sie, mir den Kopf zu waschen. Ich lege
meinen Kopf in eine viereckige Emailschüssel wie ein
Huhn vor dem Köpfen und bekomme eine eher rüde
Abreibung. Trotz allem: ich bin sauber wie schon lange
nicht mehr nach dieser mehrwöchigen Campingreise.

Wenn man ein Baby ist, dann ist es das Natürlichste auf der Welt, ins Bett zu pinkeln. Die Eltern investieren monate-, sogar jahrelang viel Mühe, dem Baby diese natürliche Regung auszutreiben. Das Produkt ist ein Mensch, der über so starke Selbstkontrolle verfügt, dass er auch bei den allerlebhaftesten Pischträumen doch noch die Kurve kratzt und das Bett trocken lässt. Und jetzt auf einmal heißt es: „Monsieur, pischen Sie einfach in diese Flasche zwischen ihren Beinen! Aber stehen Sie auf keinen Fall auf!"

Wie viele Stunden ich mich abgemüht habe, meine Hemmungen zu überwinden! Berge von Leintüchern habe ich nass geschwitzt vor lauter Stress, doch wenigstens ein Tröpflein über die Schwelle zu bringen. Ich wollte schon nichts mehr trinken, weil das den Drang zum Pinkeln noch steigert, dem ich doch nicht nachkommen kann. Bis ich dann, als gerade keine Pflegerin im Zimmer war, aufgestanden bin und den unkontrollierten Moment genutzt habe, um stehend drei Liter in einem loszuwerden. So wohl, wie mir da ums Herz war, das kann nur im Sinn des Heilungsprozesses gewesen sein.

Für den Moment ist das Problem gelöst, aber à la longue doch nicht. Ich liege in der Auslage in einem

Überwachungszimmer, umgeben von Glasfenstern, alle Augenblicke kommt die eine oder andere Person ins Zimmer, um die x-te Eprouvette Blut abzuzapfen, eine Infusion nachzufüllen, das x-te EKG zu machen etc. Wie ein Strauchdieb warte ich auf unbewachte Momente, um vorschriftswidrig im Stehen zu pinkeln.

Die stillen Tage in Albi sind gezählt. Nachdem die medikamentöse Blutverdünnungsaktion die verstopfte Arterie nicht öffnen kann, kommt Dr. Galley zu dem Schluss, dass der Infarkt schon abgeschlossen und der Schaden irreversibel ist. Der nächste Behandlungsschritt besteht darin, eine Sonde in die Herzarterie einzuführen, um zu sehen, wie die Verstopfung der Arterie aussieht, wo sie liegt und ob man sie mit einem Ballon öffnen kann. Marcel steht mit ihm in telefonischer Verbindung und gibt sich viel Mühe, mir den Sachverhalt zu erklären und mich moralisch zu unterstützen. In diesem hilflosen Zustand lebe ich praktisch von der Unterstützung, die ich von meiner Familie erhalte. Traude und Johannes hier, die anderen rund um die Welt verstreut. Die Anrufe verdichten sich und ich habe nicht das Gefühl, weit weg von allen zu sein.

Seit ich im Krankenhaus liege, schwebe ich überhaupt auf einer Welle von Wohlbefinden und

Neugier. Da tut sich was, das ich noch nie erlebt habe.
Außerdem kommt mein vergessenes Französisch
langsam an die Oberfläche. Aber in Wirklichkeit
vermute ich, dass unter den hundert Medikamenten,
die mir oral und intravenös und intramuskulär
verabreicht werden, einige Glücklichmacher dabei sein
werden. Zu groß ist der Kontrast zu dem verzagten
Zustand, der mich noch vor wenigen Tagen umfangen
hielt. Mein Misstrauen gegen die technische Medizin
habe ich übergangslos abgelegt. Mag kommen, was da
kommen soll. Ich schlucke alles, auch Schlaftabletten
und Aufwachtabletten, Blutverdünner und
Blutdrucksenker – alles, was mir bisher ein Gräuel war.

Als nächstes steht die Überführung nach Toulouse
an, wo die Untersuchung mittels Herzkatheter
stattfinden soll. Der Reihe nach verabschieden sich die
Pfleger und Ärzte, weil sie jetzt ihren Dienst beenden
und ich später nicht mehr hier sein werde. „Nach
der Untersuchung in Toulouse kommen Sie wieder zu
uns zurück, nur einen Stock höher." Ein rührender
Abschied, obwohl ich nur vier Tage hier war. Dr.
Galley geht jetzt auf Urlaub, und ich wünsche ihm,
dass er mehr Glück haben möge als ich.

Die SAMU, die hiesige Rettung, legt mich
gemeinsam mit meinem Handgepäck - eine

Unterhose, die Zahnbürste, die Brille, mein endlos fader japanischer Roman – auf die Bahre, auf meinem Bauch liegt dann noch ein Plastiksack mit dem Dossier meiner bisherigen Befunde, und ab geht's. Die Perspektive von der Bahre aus kenne ich aus unzähligen Fernsehfilmen. Dann hinaus ins Freie, und ich erinnere mich an das, was ich schon wieder fast vergessen hätte: Frankreich wird von einer Rekordhitzewelle heimgesucht. Schon mehrere Tausend Menschen – meist Alte – sind allein an Hitze und Dehydration gestorben, berichten die Zeitungen. Da habe ich ja richtig Glück gehabt, wenn man es von dieser Seite sehen will. Wahrscheinlich hat mein Herzinfarkt auch mit relativer Dehydration zu tun, sodass sich beim Radfahren durch das Schwitzen das Blut verdickt hat. Sport ist Mord, sagt die Traude immer. Wenn schon, dann eher Selbstmord.

Der Krankenwagen hat keine Klimaanlage. Ich werde wie ein Hendl in das Backrohr geschoben und ab die Post! Mit Blaulicht und Folgetonhorn. Der mitfahrende Rettungsmann erklärt seinen Kollegen, wie man die Transportformulare ausfüllen muss. Während sie nachdenken, wo Österreich sein könnte, führt sie ihre Assoziation gleich über Bulgarien und Moldawien zur Ukraine. Ich wehre mich nicht, auch wenn's mir nicht ganz egal ist.

Nicht weit von Albi halten wir auf einem Autobahnparkplatz. Der Motor streikt. Der Beifahrer schlägt vor, einen Bekannten anzurufen, der im Pfusch Autos repariert. Vielleicht könnte der den Wagen flott machen? Aber schließlich gelingt es dem Fahrer nach einigem Herumschrauben, den Wagen in Gang zu setzen. Nach einer zwanzigminütigen Pause geht's weiter. Blaulicht und Folgetonhorn werden wieder eingeschaltet.

35

In der Universitätsklinik von Toulouse weht ein anderer Wind. Ich werde irgendwo im 6. Stock untergebracht, sehe vom Fenster aus einen winzigen Ausschnitt, der mir vor allem den Eindruck erweckt, hoch oben zu sein. Das ländlich-persönliche Ambiente von Albi vermisse ich sehr. Hier geht's ruck-zuck, jede Schwester macht einen Handgriff und vertschüsst sich wieder. Ich kann niemandem meine Geschichte erzählen, dass ich vor 25 Jahren in der Gegend studiert habe, dass meine Tochter nicht weit von hier zur Welt gekommen ist, kein Platz zum Schmäh führen, vorerst zumindest. Im Laufe der Zeit kommt es doch, meist mit den Pflegerinnen. Während die Diplomschwestern gestresst umher schießen, hat das niedrige Personal mehr Ruhe und es sind eigentlich sie, die die menschliche Komponente beisteuern.

Meist fängt ein Dialog so an:
„Sie sind auf Urlaub hier?"
„Ja, ein schöner Urlaub, nicht wahr?"
„Von wo kommen Sie?"
„Von Österreich."
„Oh, ich habe geglaubt, aus Australien!"
„Sind Sie schon einmal in Österreich gewesen?"
„Nein, wir fahren immer nur in Frankreich auf Urlaub."

Eine nette Variante des Dialogs steuern
zwei dralle Pflegerinnen bei, hochblonde
Mittvierzigerinnen, die am Samstagabend meine
Bettwäsche wechseln. Gut aufgelegt und Schmäh
führend wirbeln sie durch's Krankenzimmer. Als das
Gespräch darauf kommt, dass ich mir den Urlaub
anders vorgestellt habe, meinen sie:

„Jetzt sind sie halt in Rangueil-Plage gelandet."

Ich verstehe es nicht gleich und sie erklären mir,
dass Rangueil der Name des Stadtteils ist, in dem das
Spital liegt. Am Strand von Rangueil also. Eine nette
Perspektive.

„Und die Sonne?" frage ich.

„Le soleil, ça c'est nous – die Sonne, das sind wir"

Seitdem nehme ich die beiden als kleine Sonnen wahr und freue mich über das bisserl Wärme, wenn sie hier herumschwirren. Die Diplomschwestern könnte man sicher nicht als Sonnen bezeichnen. Für die bin ich das Objekt 825, bei dem die Elektroden gut sitzen müssen, die Infusionen regelmäßig tropfen sollen, die richtige Medizin zum richtigen Zeitpunkt in die richtige Körperöffnung eingebracht wird.

Der Pfleger, mit dem ich am meisten ins Gespräch komme, heißt Eric. Ein sehr südfranzösisches Gesicht, ein bisschen à la Jean Paul Belmondo, aber hübsch. Sehr ausgeprägte Lippen, Nase, Augen. Bescheiden. Nein, er ist auch noch nicht weit herumgekommen. Gerade bis Spanien (was man von hier aus als Sonntagsausflug machen kann) und nach Italien. Der Norden (das ist Belgien) sei soundso zu kalt. Außerdem hat er zwei kleine Kinder und nur drei Wochen Urlaub in einem Stück. Also bleibt er lieber in Frankreich, wo es eigentlich eh alles gibt, was das Herz begehrt – Ozean und Mittelmeer, und natürlich auch die Alpen.

Das Skifahren ist auch der Anknüpfungspunkt, als ich am Freitag splitternackt auf dem Operationstisch liege und mit dem Doktor Richez versuche, ins Gespräch zu kommen. Er ist schon

in voller Operationsmontur, kein Fleckchen
Haut, kein Härchen, das nicht abgedeckt ist. Die
Operationsschwester neben ihm könnte eine Rolle in
einem Frankensteinfilm spielen: tiefer Raucherbass,
halblange, rot gefärbte Haare, dicke schwarze Brillen
Typ Gundel Gaukelei. Ich kann mir vorstellen,
dass sie voll Spaß irgendwelche Sonden im Herz
herumdirigiert.

Ich halte mich an den operierenden Arzt, ein
stämmiger Dreißigjähriger, der mir erzählt, dass er in
Kirchberg in Tirol Schi fahren war. Ich spiele gleich
meinen Trumpf aus und erzähle ihm davon, wie ich
als Schilehrer in Val d'Isere gearbeitet habe. Damit
er weiß, dass ich mein Herz noch zum Schifahren
brauche. Auch einige Stunden nach der Operation, als
sich Marcel meldet, um die Operationsergebnisse zu
erkunden, stelle ich den gleich als großen Schifahrer
vor. So gelingt es mir, eine nicht-medizinische Ebene
aufzubauen. Es ist angenehm, mit den Leuten auch
über andere Sachen als über Herzinfarkt zu reden.

Ich liege splitternackt, die Ärzte sind zur
Unkenntlichkeit vermummt. Dann wird mir doch
eine Plastikfolie übergeworfen, mit einem runden
Ausschnitt, damit man mich auch operieren kann.

„Au!"

Der Schmerz ist kurz und schon ist die Sonde
irgendwo in meinen Arterien unterwegs. Wie
ein Tintenfisch versprüht sie von Zeit zu Zeit ein
Kontrastmittel, das auf dem Bildschirm die Form
der Arterien sichtbar werden lässt. Es gibt offenbar
drei Hauptarterien, die alle abgefahren werden, und
irgendwo an einem relativ peripheren Bereich wird
die Verengung sichtbar, die für meinen Zustand
verantwortlich ist: Sie schaut ganz harmlos aus, und
doch hat so was meinen Vater innerhalb weniger
Minuten das Leben gekostet. Was es für mich bedeutet,
das kann ich noch nicht abschätzen. Nachdem die
Verstopfung lokalisiert ist, kommt die Mikromechanik
zum Einsatz. Durch die Sonde soll ein kleiner Ballon
eingeführt werden, um die verengte Stelle zu dehnen.
Der Röntgenapparat, oder was auch immer das ist,
verstellt mir die Sicht auf die Monitore, von denen
eine ganze Batterie aufgebaut ist. Ich höre nur die
Kommentare, die Dr. Richez an das Personal im
Nebenraum weitergibt. Es hört sich an wie auf der
Kommandobrücke eines Schiffes:

„20 Grad steuerbord – 3. Sektor – halbe Kraft
voraus – halt! – zurück" usw.

Bei jedem Kommando dreht sich die Röntgenkamera in eine andere Stellung und ich muss aufpassen, dass nicht mein Arm irgendwo im Weg ist. Es gibt so Situationen, in denen einem die Arme überflüssig vorkommen und man nicht weiß, wohin damit. Das ist so eine Situation, aber sie kommt gottseidank nicht so oft vor.

Im Herzen zieht und drückt es. Es fühlt sich ein bisschen so an wie zu dem Zeitpunkt, als der Herzinfarkt virulent war. Und nach einiger Zeit gibt Richez offenbar auf. Das Ergebnis sei „mittelmäßig", meint er. Mit anderen Worten: Kein Loch durch die verstopfte Arterie. Oder nur ein ganz kleines. Die Informationen, die man mir gibt, widersprechen einander.

Jetzt soll die Chemie zum Zug kommen, wieder einmal, auf Teufel komm raus. Mit Infusionen sollen konzentriert die Ablagerungen in den Adern aufgelöst werden. Ich stelle mir das vor wie Abflussreiniger, die man in eine verstopfte Waschmuschel schüttet. Nach meinen Erfahrungen nutzt das meistens nichts.

Trotz aller künstlichen Glücksmittel kehrt meine Skepsis gegenüber der technischen Medizin zurück: Mein Zustand hat sich trotz aller High-Tech-Interventionen seit der Aufnahme ins Spital eigentlich nicht verändert. Ich werde nur immer hilfloser. Jetzt bleibt ein 20 cm langer Katheter in meiner Leistengegend zurück und ich soll mich ja nicht aufsetzen, damit er nicht gekrümmt wird. Mein rechter Schenkel und mein Oberkörper sind wie eine fixe Achse, um die herum ich mich ein wenig bewegen kann. Und allerorten tropfen die Infusionen, mehr denn je.

Mein Zimmernachbar wird abgeholt. Ein Holländer, Tourist wie ich. Die holländische Rettung hat zwei Tage gebraucht, um sich hierher durchzuschlagen. Alles so überdimensionale Menschen. Seit der Jugend mit einer Überdosis Kraftfutter aufgepäppelt. Blond und laut und holländisch sprechend. Koster wird auf die Bahre geschnallt, bekommt eine CD-Rom mit der Aufnahme von seiner Herzoperation zwischen die Beine gelegt und macht sich auf die Reise – 1200 Kilometer. Wie das wohl bei mir sein wird? Holland liegt vergleichsweise nahe.

Koster war ein netter Bursch. 46 Jahre alt, sprühend vor Vitalität. Mit einer hübschen, etwas stillen Frau mit leicht exotischem Einschlag. Meist lag sie im Bett und er saß daneben. Er hat mir vor der Operation erzählt, wie das vor sich geht, und mir so die Angst genommen. Er hatte seinen ersten Herzinfarkt vor einem halben Jahr, in dem Moment, als er nach einer Herzuntersuchung als gesund aus dem Krankenhaus entlassen wurde. Er verlor das Bewusstsein und konnte reanimiert werden. Weil er sofort behandelt wurde, blieb kein Dauerschaden zurück. Jetzt, in Südfrankreich, hatte er wieder eine Herzschwäche, aber offensichtlich keinen Infarkt. Er hatte mehr Glück als ich.

„Eigentlich kann niemand vorhersagen, wann und ob so ein Infarkt eintritt", meint er und: „Man soll sich die Freude am Leben nicht vertun mit lauter Angst vor einem neuen Herzinfarkt" Ich werde sehen, was das für mich bedeutet. Schon seit Längerem denke ich daran, ein ordentliches Testament zu schreiben – die Möglichkeit eines unerwarteten Todes ist jetzt noch um einiges wahrscheinlicher geworden.

„Eines habe ich gelernt", sagte Koster, als wir uns verabschieden, „man kann sterben, ohne dass man es merkt."

Koster ist weg, in Richtung Holland. Ich wünsche ihm, dass er gesund bleiben möge, und er mir, mit einem Augenzwinkern, dasselbe. Beide wissen wir, wovon wir reden.

Mein nächster Nachbar heißt Prieure. Eine Zeitlang haben wir überhaupt keinen Kontakt.

Eigentlich bin ich sauer, dass man mich nicht in das andere Bett gelegt hat. Das andere Bett ist – im Gegensatz zu meinem – elektrisch verstellbar. Wenn ich die Rückenlehne aufrichten will, muss ich eine Schwester rufen, die mir dann mit Mühe dieses quietschende Ding in die Höhe schraubt. Recht oft kann ich das Bett nicht verstellen lassen, wenn ich mir ihr Wohlwollen bewahren will.

Außerdem steht das andere Bett beim Balkon und man hat einen Blick über Toulouse. Man ist der Herr über den Balkon dort und über den Fernsehapparat. In meinem Bett hingegen bin ich Herr über nix. Aber irgendwie ist es auch wieder nicht so wichtig, weil ich mich soundso nicht mehr rühren darf.

Seit Prieure hier ist, läuft das Fernsehen ununterbrochen. Das ewig hektische Gekreische stört meine Ruhe empfindlich. So besteht mein erster Kontakt mit Prieure darin, ihn zu bitten, den Fernseher leiser zu stellen. Prieure erweist sich aber in der Folge als umgänglicher Typ und der Fernseher wird nicht zum Kriegsschauplatz. Nicht zwischen uns, jedenfalls. Trotzdem schaue ich immer wieder gezwungenermaßen in den Kasten – kreischender Stumpfsinn in Permanenz. Ich einige mich mit Prieure, dass er ziemlich leise dreht. Er erzählt mir, dass er seit 12 Jahren - seit seinem Herzinfarkt - völlig arbeitsunfähig ist und dass das am Anfang furchtbar war, gar nichts tun zu können, nicht einmal Gartenarbeit. So habe er sich das Fernsehen angewöhnt.

Sein Herz sei „foutu" – zum Wegwerfen. Er wartet seit zwei Jahren auf eine Herztransplantation. Aber seit die Verkehrskontrollen rigider durchgeführt werden, sind Spenderherzen rarer geworden. Es gibt keinen Nutzen, wo nicht ein Schaden auch dabei ist, um einen Lieblingsspruch meiner Mutter umgekehrt zu zitieren.

Prieure ist also das Opfer einer verbesserten Verkehrsdisziplin. Seine Leidenszustände, die er beschreibt, lassen mich wieder in einer glücklicheren Lage erscheinen. Jede geringste Anstrengung bereitet ihm Herz- und Atembeschwerden, und alles wird eher schlechter als besser. Seine Hoffnung beruht auf einer Herztransplantation. Ob er Angst habe? Nein, die Überlebenschance sei heute bei 99%. Ich erinnere mich noch an die Zeiten der ersten Herztransplantationen, als Dr. Barnard gefeiert wurde und seine Patienten regelmäßig ein halbes Jahr nach der Operation ohne viel Medienwirbel das Zeitliche segneten. Ich habe gar nicht gewusst, dass sich seither die Technik so verbessert hat. Gut für Prieure, gut für mich, vielleicht auch schlecht für die Motorradfahrer.

Johannes ist noch einen Tag in Toulouse und setzt dann seine Interrailreise mit seinen beiden Freundinnen fort. Interessant, dass er die fixen Freundschaften meist mit Mädchen hat, die mir insgesamt aktiver scheinen als seine männlichen Freunde. Die Burschen – Stipi und Gerhard, ich kenne beide nur als Namen – haben inzwischen das Handtuch geworfen und sind heimgefahren. Die Mädchen sind unternehmungslustiger, und Jo auch. Ich bin stolz auf ihn. Und ich mache mir ein wenig Sorgen, dass er auch meine Figur geerbt hat. Im Gesicht schaut er seiner Mutter ähnlich – sehr hübsch für einen Burschen – sonst ist er breitschultrig und muskulös. Auch das passt ihm gut, aber diese recht

männliche Konstitution ist offensichtlich typisch
für ein erhöhtes Herzinfarktrisiko. Das hat mir
schon mein Schwager – auch ein Arzt – in meinen
Zwanzigern gesagt. Obwohl er sonst in familiärer
Hinsicht ein ziemliches Chaos angerichtet hat – in
diesem Punkt ist er nicht so falsch gelegen.

Jo geht also wieder auf Reisen, ganz Eroberer
der neuen großen Welt. Traude bleibt zurück, ohne
Französischkenntnisse, mit allen Problemen dieser
Ausnahmesituation. Wie soll sie in Toulouse ein
billiges Hotel finden? Sie hat zwar eine Adresse, aber,
so erzählt sie, sie ist im Einbahnsystem der Altstadt
so lange im Kreis geschickt worden – immer knapp am
Hotel vorbei – bis sie die letzten Nerven aufgebraucht
hat. Wenn ich ihre Erzählung recht verstanden habe,
hat sie das Auto (es handelt sich da um kein normales
Auto. Wenn man damit fährt, drehen sich die Leute
um, weil sie glauben, ein Traktor kommt hinter ihnen)
hat sie also das Auto in eine Parkgarage gestellt und
das Hotel zu Fuß gesucht. Mit Erfolg, einerseits, aber
auch mit einem Handicap: wie soll sie das Gepäck
von der Parkgarage zum Hotel bringen? Sie erzählt,
dass sie dann doch mit dem Auto vorgefahren ist
und während des Auspackens notgedrungen für zehn
Minuten die Gasse in der Altstadt abgesperrt hat, die
eben nur breit genug für ein Auto ist. Ihr Zimmer
liegt im zweiten Stock, also ist sie wie eine Wilde

mit den Taschen auf und ab gerannt; immer mit dem Bewusstsein im Kopf, dass jemand in die blockierte Straße einfahren könnte. Nach der ersten Nacht in Toulouse hat sie dann bis elf Uhr geschlafen. Ein Weltwunder, wenn man sich vergegenwärtigt, dass sie zu Hause an notorischer Schlaflosigkeit leidet. Sie hat's genossen, das Ausschlafen. Hoffentlich kommt sie jetzt auch ein bisschen in Urlaubsstimmung. Von jetzt an wird nicht mehr so viel zu tun sein, und sie könnte sich in Toulouse umschauen.

Wie die Heimfahrt vor sich gehen soll, das steht allerdings noch in den Sternen. Vielleicht kommt Johannes wieder vorbei und fährt mit Traude im Auto zurück. Eine andere Version wäre, dass Susi ihr ein Stück des Weges entgegenkäme. Traudes Schwester plant, in den letzten Augustwochen nach Vorarlberg zu fahren, deshalb könnten sich die beiden vielleicht in der Schweiz treffen und eine gemütliche Heimreise inszenieren. Ich beneide sie schon um diese Perspektive. Die Aussichten sind nicht so schlecht, aber im Augenblick ist Traude allein in Toulouse – ein unvorhergesehenes Abenteuer.

Bisher hatte das Ganze für mich auch eine abenteuerliche Komponente. Wie oft überlebt man schon einen Herzinfarkt, noch dazu den ersten, wo alles noch neu ist? Und das alles in Südfrankreich, wo ich einmal so gerne gelebt habe. Je länger ich hier bin, desto mehr kommt mein Französisch zurück, und desto mehr habe ich das Gefühl, wieder im geliebten Südfrankreich zu sein. Vorher, als Tourist, hatte ich den Eindruck, vom eigentlichen Leben hier abgeschottet zu sein. Jetzt, im Spital, bin ich wieder in die Normalität dieses Landes eingetaucht und bekomme Lust auf mehr. Eigentlich will ich gar nicht so schnell zurück. Wenn ich die Wahl habe zwischen einem Spitalsaufenthalt in Mödling oder in Toulouse, dann bleib ich lieber in Toulouse.

Andererseits werde ich des Spitals an sich langsam überdrüssig – egal, ob Albi, Toulouse oder sonst wo. Und die Aussichten sind schlecht. Die nächsten Wochen werden dem Herzinfarkt gehören, auf die eine oder andere Weise Spital, Rehabilitation, Untersuchungen. Und dann irgendeine Regelung bezüglich der Arbeit. Schon vor dem Herzinfarkt hatte ich mir schwer vorstellen können, den neuen Arbeitsbedingungen, die uns diese unverantwortliche Schulpolitik aufbrummt, entsprechen zu können. Immer mehr Kinder in den Klassen, immer weniger interessante Freiräume – Schule wie vor hundert Jahren, aber mit Kindern des 21. Jahrhunderts - das heißt, vereinsamten Computerautisten, die von daheim ein Null an sozialen Verhaltensregeln mitbringen. Und solche Kinder sollen in überfüllten Klassen Tag für Tag niedergehalten werden. Man könnte, um der Form zu genügen, so wie hier im Spital mit Psychodrogen arbeiten. Für eine Politik, die nichts anderes sieht als den Kostenfaktor, wäre das der logische Ausweg. Gedopte Lehrer, sedierte Kinder.

Wenn ich jetzt länger als fünfzehn Minuten telefoniere – und im Augenblick kommt ein Telefonanruf nach dem anderen herein – dann fang ich zu schwitzen an und fühle mich wieder krank und schwach. Ich kann es mir absolut nicht vorstellen, große Klassen zu unterrichten. Ich vertraue darauf, dass sich irgendein Ausweg finden wird, weil mir diese Normalität, wie sie vorgezeichnet ist, so völlig unrealistisch erscheint.

Nach der ersten Herzuntersuchung, die nicht so gut verlaufen ist, hänge ich zwei Tage lang an einer Unzahl von Plastikschläuchen mit Medikamenten, die die Arterien durchputzen sollen. Besonders der Pfropfen, der den Infarkt verursacht hat, soll aufgelöst werden. Rund um diese verödete Arterie gibt es offenbar einen Bereich im Herzmuskel, der unwiderruflich tot ist. Daneben liegen vielleicht noch Randbereiche, die wieder reaktiviert werden können. Nach einem zweiten Versuch soll der Pfropfen gelöst und die Arterie durch einen Stent – ein Metallröhrchen – gestützt werden. Diese Operation wird am Samstag durchgeführt, ein Zwickeltag zwischen zwei Feiertagen. Das Spital wirkt ziemlich ausgestorben (wenn man das bei einem Spital so ausdrücken darf), ich werde diesmal termingerecht in den Operationssaal geschoben. Das erste Mal geschah das mit fünf Stunden Verspätung, und dann musste ich noch am Gang warten, weil kurz vor mir ein Notfall eingeliefert wurde. Nichts von alldem an diesem Samstag. Auch das technische Personal rund um die Untersuchungsmaschine ist geschrumpft. Die Gundel Gaukelei dürfte auf Wochenendurlaub sein, die Schwester bei dieser Operation schaut Vertrauen erweckend aus. Auch das Durcheinander von vermummten Operateuren und leger im T-Shirt umher laufenden Backstage-Kollegen scheint weniger intensiv. Aber trotzdem vorhanden. Neben dem zur Unkenntlichkeit vermummten Dr. Richez steht im T-Shirt ohne Kopfbedeckung ein Techniker, um einige Details abzuklären.

Ich traue mich diesmal nicht, auf einen großen Erfolg zu hoffen. Bei der ersten Operation habe ich noch meine verstorbenen Eltern um Unterstützung angerufen. Diesmal liege ich ziemlich stoisch unter den Röntgenkameras. Und wieder die Schifffahrtsdirektiven: „ 33 Grad Nord – Sektor 2"

usw. und dann: „Ein Stent von 1cm Länge!" – und früher als erwartet ist der Zauber vorbei. Wieder haben mir die Röntgenkameras den direkten Blick auf den Bildschirm verstellt. Aber ich bin soundso desillusioniert, ohne viel Hoffnung.

„Ich gratuliere Ihnen!" - Überschwänglich wendet sich Dr. Richez an mich, ganz anders als das erste Mal. Die Operation sei so gut gelungen, wie sie es nicht zu hoffen gewagt hatten, auf Grund der Ausgangssituation. Mir fällt ein Stein vom Herzen. Ganz wörtlich. Eigentlich ist der „Stein" chemisch aufgelöst worden. Aber weg ist weg, und die Freude der Operateure springt auf mich über.

Jetzt lässt es sich wieder locker über dies und das quatschen - über's Skifahren, das wahrscheinlich wieder möglich sein wird, über Marcel, der bald anrufen wird und eine Kopie der Computerdaten haben möchte. Die Welt ist um einiges heller geworden. Es dauert nicht lang, und Marcel erklärt mir die neue Entwicklung: Das Herz stößt jetzt etwa 50Prozent des Blutes aus, das es aufnimmt, im Normalfall wären es 70% Mit gezieltem Training könnte man diese Kapazität vielleicht noch um einige Prozent steigern. Wichtig ist es, in Österreich eine Rehabilitation in Angriff zu nehmen.

Bei der zweiten Untersuchung wurde allerdings an einer anderen Arterie eine weitere Verengung festgestellt, die auch mittelfristig ein Infarktrisiko darstellt. Diese Arterie sollte auch noch auf die bewährte Art repariert werden – allerdings nach einer gewissen Pause, um den Körper nicht zu überfordern. In den nächsten Tagen wird also das laufende Programm schrittweise heruntergefahren, worauf ich dann zwei Tage später noch einmal der ganzen Prozedur unterzogen werden soll.

Das Herunterfahren des bisherigen Programms erfolgt mit der Präzision eines Raumfahrtprogramms. Die jeweils Dienst habende Schwester verkündet mir – meist zum x-ten mal - was die nächsten Schritte sind: „Um 20 Uhr hören wir mit dieser Infusion auf – um 3 Uhr morgens wird die andere Infusion abgestellt – der Katheter in der Leistenbeuge bleibt bis morgen um 9 Uhr. Den Sandsack auf der Leistenbeuge müssen Sie bis 17 Uhr liegen lassen. Nach 24 Stunden dürfen Sie aufstehen!" Das wäre also dann in zwei Tagen. Ich freue mich, weil ich dann endlich einmal scheißen darf, das erste Mal nach einer Woche Immobilität. Herrliche Aussichten!

Mit jeder Infusion, die abgehängt wird, gewinne ich ein Stück Bewegungsfreiheit zurück. Zuerst wird am rechten Arm eine Infusion abgedreht, einige Stunden später die zweite, schließlich wird auch die Nadel aus der Vene gezogen. Das schmerzt höllisch, weil sie mir damals in Albi gleichzeitig mit der Vene auch einen Nerv angestochen haben. Es dauert etwa eineinhalb Tage, bis ich von allen Schläuchen und Elektroden befreit bin. Was für ein Erlebnis, aus eigener Kraft aufzustehen, neben dem Bett zu sitzen, aufs Klo zu gehen. Erst jetzt erforsche ich Schritt für Schritt das Krankenzimmer. Bisher habe ich gar nicht wahrgenommen, dass es hier auch ein komfortables Badezimmer gibt. Die ersten Schritte fallen sehr wackelig aus. Außerdem sind noch nicht alle Infusionen abgehängt. Wenn ich mich vom Bett entferne, muss ich den ganzen Infusionsapparat mitnehmen und irgendwo anders wieder ans Stromnetz anschließen. Die Schläuche sind durch die Ärmel meines Pyjamas gefädelt, ich schleppe das ganze System mit mir spazieren. Zugleich halte ich mich am Bettrand an, weil ich meinem Gleichgewicht nicht traue.

Eine andere Errungenschaft ist, dass ich wieder Kleider anhabe. Anfangs nur die Boxershorts, später auch eine Pyjamajacke. Tagelang war ich splitternackt herumgekugelt, ich schämte mich zwar nicht, fühlte mich aber entpersonalisiert. Jetzt, mit der Unterhose, erhalte ich wieder ein Stück Privatheit zurück. Schritt für Schritt werde ich wieder ein Mensch. Schließlich wird auch die letzte Infusion abgehängt: Ich brauche jetzt nicht mehr den ganzen Apparat quer durchs Krankenzimmer zu schleifen, wenn ich auf Wanderung gehe. Die Nadel nehmen sie mir allerdings nicht raus, obwohl sie kaum mehr in der Vene stecken bleiben will. Jede Schwester, die vorbeikommt, klebt noch ein Stück Klebeband drüber. Sie haben immer einen unerschöpflichen Vorrat davon bei sich. Das Ganze sieht an meinem Arm aus wie eine im Pfusch an die Wand geheftete Wasserleitung.

Prieure ist auch wieder ausgezogen. Nach etlichen Untersuchungen durfte er heimgehen. Kein Spenderherz weit und breit. Auch er wird in Zivilkleidung, mit Socken und Sandalen, wieder zu einem richtigen Menschen. Ich wünsche ihm zum Abschied, dass er bald ein Ersatzherz bekommen möge.

Mein rechter Platz ist leer – und ich bemühe mich vehement, auf das andere Bett wechseln zu dürfen. Schon als Koster abfuhr, wollte ich umgelegt werden, alle sagten „ja", aber als ich von der Operation zurückkam, war das Bett wieder belegt. Diesmal verzichte ich auf bescheidene Zurückhaltung und rede jede Schwester an, die ins Zimmer kommt und

wiederhole, dass ich ins andere Bett will. Ich erreiche es schließlich auch, aber es ist knapp. Als Prieure draußen ist, wartet der nächste Patient schon vor der Tür.

Ich kann es gar nicht beschreiben, wie froh ich über den Platzwechsel bin. Jetzt liege ich auf der Fensterseite. Es gibt hier einen kleinen Balkon, von dem aus ich einen schönen Blick über die ganze Stadt habe. Das Spital ist das einzige hohe Gebäude weit und breit. Außerdem bin ich jetzt der Chef über das Fernsehen – die Fernbedienung hängt neben meinem neuen Bett. Ich habe sie bis jetzt nie angerührt, damit mein neuer Nachbar nicht auf den Gedanken kommt, dass wir uns so die Zeit vertreiben könnten.

Am Abend sitze ich jetzt gemütlich im Armstuhl neben meiner Balkontür und blicke über die beleuchtete Stadt. Jetzt fehlte noch eine Flasche Wein, nette Gesellschaft, Musik – und es könnte Urlaub irgendwo sein. Hin und wieder fällt mir Brasilien ein, wo ich gelegentlich mit meinem Freund Norbert solche Abende auf einer Terrasse irgendwo am Amazonasstrand verbracht habe.

„Ce n'est pas le Pérou » - Das ist nicht Peru, sagt

man hier, wenn man ausdrücken will, dass nicht alles so ist, wie es sein könnte. Es ist auch nicht Brasilien. Aber es ist ein gewaltiges Stück angenehmer als noch vor 12 Stunden.

Mein neuer Nachbar spricht auch Deutsch. Er tut dass offensichtlich gern, weil er meine französischen Gesprächsbrocken immer wieder auf Deutsch beantwortet. Wie kommt jemand seiner Generation – er ist 80 – zu solchen Deutschkenntnissen? Natürlich: Er arbeitete in Deutschland als Zwangsarbeiter, in Dresden und sonst wo im Norden. „Wir haben die Häuser gebaut", sagt er, „dann sind die Flieger der Amerikaner und Briten gekommen und haben sie zerbombt. Und am nächsten Tag haben wir wieder neu gebaut."

Die Geschichte amüsiert ihn sichtlich. Dass er die Deutschen hasse, merke ich nicht. Ich erzähle ihm zur Versöhnung eine ähnliche Geschichte: Mein Onkel – er war Schuster – hatte im Krieg einen französischen Zwangsarbeiter zugeteilt bekommen. Die beiden freundeten sich an, und die Beziehung wurde zu einer Freundschaft, die auf beiden Seiten die ganze Familie mit einbezog. Gerade heuer ist meine Cousine hierher nach Frankreich gefahren, um den alten André – auch er ist 80 – noch ein letztes Mal zu besuchen.

Ich habe Glück mit meinen Zimmerkollegen.
Bourgeois – so heißt der neue Nachbar – erweist
sich in der Folge als ein ganz lieber, manchmal
ein bisschen schrulliger Genosse. Er steht gern bei
meinem Bett und erzählt mir, warum Marie Antoinette
umgebracht wurde: weil sie zu schön war; dass er vom
Neusiedlersee aus die Russen gesehen hat; dass sich
die Tschechen und Slowaken ohne „Bumm.Bumm.
Bumm" getrennt haben. Und so weiter. Seine liebsten
Gesten sind die eines angedeuteten Schnittes durch die
Kehle und die Pose des Schießens. So erklärt er mir die
Geschichte des letzten Jahrhunderts. Er ist ein recht
gebildeter Eisenbahnpensionist. Gottseidank kein
Fernsehkonsument – „das ist alles Scheiße", meint er,
und ich bin erleichtert.

Bourgeois bringt mir meine Utensilien ans
Bett, leert sogar meine Urinflasche aus, wenn es die
Schwestern nicht tun. Und kauderwelscht immer
wieder in seinem Deutsch, das er 1943 gelernt hat.

Meine neue Bewegungsfreiheit erweist sich als
befristeter Freigang. Am Dienstag Morgen heißt es:
Zurück an den Start. Ein dritter Operationsdurchgang
ist geplant. Eine weitere Arterie ist beeinträchtigt und
soll gedehnt und gestützt werden. Im Vergleich zum
bisherigen eine relativ harmlose Angelegenheit, nehme

ich an. Aber ich vertraue meinen Vermutungen nicht mehr sehr.

Bei der Fahrt zum Operationsraum erkenne ich einige Orientierungspunkte auf dem Plafond wieder: Die Stelle, wo die Decke aufgerissen ist und die Kabel frei liegen, markiert etwa den halben Weg. Dort wird es kalt, weil an dieser Stelle der klimatisierte Bereich anfängt.

Einen Gang weiter wird das Bett an die Wand abgestellt und man wartet und wartet.

Wieder ist Dr. Richez der Operateur, diesmal von einer sehr gesprächigen Schwester unterstützt. Aus ihrer Vermummung heraus schwärmt sie mir vor, wie schön es in Österreich ist, und auch Richez erzählt von Kirchberg in Tirol. Sie fragt mich, ob die Österreicher nett sind. „Sie sind sehr nett", antworte ich , „und man muss auch zu ihnen sehr nett sein". So blödeln wir vor der Operation dahin, bis die Sonde im Herz herumfährt und mich der Schmäh verlässt und sich wieder Beklemmung breit macht. Ich denke wieder an meine Eltern und auch an Kathi, die mir gesagt hat, dass sie mir Kraft schickt. Wenn es eng wird, glaub ich doch an Zauber. Ganz primitiv, wie ich's von meiner Mutter gelernt habe. Wenn die Operation gut geht, dann muss ich was spenden. Ich verspreche, einen Hunderter an eine Hilfsorganisation zu spenden. Die Götter in Afrika nehmen gern solche Geschenke an, und auch die primitiven Heiligen bei uns sind bestechlich. Übrigens verdanke ich meinen zweiten Vornamen so einem Gelübde: Wenn mein Vater den Krieg gut übersteht, sagte meine Mutter damals zum Hl. Thaddäus, dann wird sie das nächste Kind nach diesem Heiligen nennen. Ich heiße Johann Thaddäus, auch wenn's keiner weiß. Eigentlich ein schöner Name. Und sie ist bis zum Lebensende verlässlich jeden Sonntag zumindest fünf Minuten in die Kirche gegangen, auch wenn das für sie als Sozialistin ein Verstoß gegen die gesellschaftlichen Regeln war.

Vielleicht hat das Schicksal schon von Anfang an seine schützende Hand über mich gehalten. Das CHU (Centre Hospitalier Universitaire) von Toulouse ist ausgerechnet im Bereich Kardiologie ein Spitzeninstitut in Frankreich, wahrscheinlich in ganz Europa, sagt mir gerade einer der Techniker. Was wäre gewesen, wenn ich diesen Urlaub in China verbracht hätte, wie ursprünglich geplant, oder in Thailand oder in der Türkei? Scheinbar war einiges an Glück im Spiel, bei diesem Unglück.

Die dritte Operation mit der Herzsonde verläuft auch gut. In meiner Freude lade ich den jungen Arzt nach Österreich ein – zum Schifahren, wenn's wieder gehen sollte.

Nach der Operation werde ich in den Backstage-Bereich abgeschoben, wo eine ganze Crew von Technikern und Ärzten und Schwestern die Operation auf dem Bildschirm mitverfolgt hat. Sie waren es, an wen die ständigen Kommandos gerichtet waren, welche die Röntgenkameras in Position brachten.

Backstage ist amüsant. Die eine Operationsschwester lehnt sich mit ihrem ganzen Gewicht auf meine Beinschlagader, damit die wieder in Ordnung kommt. Und erzählt mir von Gott und der Welt, vom Leben in Toulouse, von Reisen, von der Arbeit im Spital, wo jeder ganz genau definierte Aufgaben hat. Diese Zerstückelung der Verantwortung ist hier so augenfällig, und sie meint, dass eine so große Organisation nur auf diese Weise funktionieren könne. Auch bei der zusehenden Crew verhalten sich die einzelnen Gruppen auffällig verschieden: die Ärzte, in ihren Dreißigern, sind laut und Platz greifend: die Platzhirsche. Die jungen Schwestern dürfen still zuschauen und hübsch sein (und haben nicht viel zu sagen). Die Techniker, die meisten um die 50, sie tragen etwas andere Uniformen, sind eher einsilbig. Geschäftig und wichtig schwirren die Krankenschwestern ein und aus. Die, die mich seit zehn Minuten fest im Griff hat, damit das Blut nicht aus der Leistenbeuge spritzt, ist im Vergleich zu den anderen ungewöhnlich umgänglich.

Ganz high verabschiede ich mich schließlich von der Operationscrew, bevor ich von einem mürrischen Pfleger auf die Station zurückgeschoben werde. Wieder geht es vorbei an der Stelle, wo der Plafond aufgerissen ist und die Kabeln herabhängen. Ein Schwall heißer Luft umfängt mich: Ende des klimatisierten Bereichs. Dann mehren sich die bekannten Gesichter; die Pflegerinnen, Putzfrauen, Krankenschwestern der Station. Als ob man in sein Dorf zurückkäme.

Die nächsten 24 Stunden gehören wieder der Immobilität. Sandsack auf die Wunde, Elektroden auf die Brust, Kanülen in jede Vene: alles wie es gehört. Vor einer bestimmten Schwester fürchte ich mich. Sie schaut lieb und unschuldig aus, wie einem Renaissancebild entsprungen, hat aber zwei linke Hände. Beim Blutabnehmen strickt und häkelt sie mit den Blutgefäßen, sticht dann wieder einmal quer zur Flussrichtung der Adern, um schließlich doch kein

Blut zu finden. Sie hätte vielleicht Herzenswärmerin werden sollen, aber bitte ohne Zugang zu spitzen Instrumenten. Selbst wenn sie mir eine Spritze in den Bauch sticht, was ich normalerweise fast nicht spüre, rammt sie die quer durch die Innereien. Wenn dieses engelhafte Wesen hereinkommt, winde ich mich schon im Vorfeld vor Unbehagen.

Als ich ins Zimmer zurückgeschoben werde, sehe ich schon Traudes Utensilien. Also ist sie schon im Haus. Sie hat mir eine Zeitung mitgebracht, und mehrere Bücher, als Geburtstagsgeschenk. In zwei Tagen ist mein 55. Geburtstag! Heute aber bin ich von der Operation so schlapp, dass ich keine Lust zum Lesen habe. Auch Traude würde am liebsten zu mir ins Bett schlüpfen und Siesta machen. Mit den vielen Kabeln und Sandsäcken ist das doch zu kompliziert. Sie hält meine Hand und legt ihren Kopf auf den Bettrand, und so dösen und streicheln wir vor uns hin. Der Nachmittag zieht sich. Es hat wieder 35 Grad.

Auch diesmal werden schrittweise die Schläuche und Kabel abgehängt und nach 24 Stunden habe ich wieder die kleine Selbständigkeit zurückbekommen. Traude kommt immer gegen Mittag. Ich erhalte Anrufe von der ganzen Familie, aus Amerika und aus Österreich. Die Ärzte bereiten meine Abreise vor.

Als Mitbringsel erhalte ich zwei Sets von je vier CD-ROMs, auf denen alle Eingriffe dokumentiert sind. Dr. Tauzin, der Oberarzt, verspricht mir, sein Resumée möglichst so zu verfassen, dass es in Österreich verstanden werden kann. Das zweite Set von CDs ist für Marcel, der inzwischen mein Vertrauensarzt geworden ist. In ein oder zwei Tagen soll die Flugambulanz kommen und mich heimbringen. Jetzt geht es auf einmal ruck-zuck. Und ich kann zur Abwechslung einmal in einem privaten Lear-Jet fliegen.

Traude kommt, wie meistens, zu Mittag. Mit Neuigkeiten: „Der Arzt von der Flugambulanz hat gerade angerufen. Sie meinen, du sollst noch eine Woche länger hier bleiben und dann mit einem Linienflugzeug heim fliegen."

Nicht viel später läutet das Telefon und eine Stimme mit knackigem Tiroler Akzent meldet sich. Ein Arzt von der Flugambulanz. Lang und breit erklärt er mir dasselbe noch einmal. Als Trostpflaster meint er, dass ich eventuell bei einem anderen Flug mitgenommen werden könnte, wenn sich etwas ergibt. „Vielleicht könnte man ein Massenbergunglück in den Pyrenäen inszenieren", versuche ich, ihn auf eine Idee zu bringen. Er verzieht auf der anderen Seite des

Telephons keine Miene. Auch mein Argument, dass ich immer schon gern mit einem Lear-Jet geflogen wäre, beeindruckt ihn nicht so richtig.

Blöd an der Geschichte ist nur, dass man mich hier offensichtlich bald loshaben will – High-Tech-Medizin ist teuer und die Betten sind rar.

Bourgeois übersiedelt in ein tieferes Stockwerk. In zwei Tagen werden sie dem 80-Jährigen eine Bypassoperation verpassen. Ich denke an meine Mutter, die sich von einer einfachen Knieoperation nie mehr erholt hat und ein Jahr später gestorben ist. Mir ist das Unternehmen nicht geheuer, auch er ist sich des Risikos bewusst. Wir geben uns zwei schmatzende Abschiedsküsse und Traude und ich wünschen alles Glück auf ihn herab. In den letzten zwei Tagen sind wir uns recht nahe gekommen.

Ich verstehe, dass man mich hier bald loshaben will. Das zweite Bett in meinem Zimmer ist noch nie länger als eine halbe Stunde leer gestanden.

Auf Bourgeois folgt Ramozzo, etwa die gleiche Generation wie Bourgeois. Eigentlich ist er Italiener, am Gardasee geboren. Und es ist wie verhext: Auch er verbindet mit Österreich seine persönliche Kriegserinnerung – als Zwangsarbeiter war er in Kufstein interniert. Hat mich das Schicksal hier festgehalten, damit ich die letzten noch lebenden Zwangsarbeiter dokumentiere? Dass mir die Kriegsschuld unseres Landes unter die Nase gerieben wird? Als Ramozzo nach Deutschland verschleppt wurde, war er 18.

Auf dem Balkon. Unser Krankenzimmer befindet sich am äußersten Rand im obersten Stock des sechstöckigen Spitalsgebäudes. Von außen gesehen müsste das das linke obere Eck des Blocks sein. Auf dem Balkon stehend erschrecke ich, als plötzlich aus dem Nichts ein Schwarm Tauben von hinten kommend über das Dach und neben dem Haus vorbei schießt, nur wenige Handbreit von mir entfernt. Der Zug der Tauben hört nicht auf. Die Luft rauscht unter ihren Flügeln. Ein, zwei spitze Schreie. Die vordersten Tauben verschwinden schräg unter mir aus meinem Blickfeld, während unaufhörlich weitere Tauben aus dem Nichts kommend unmittelbar an mir vorbei schießen.

21. August. Bon anniversaire! Eine von den Sonnen – inzwischen weiß ich, dass sie Claudine

heißt – bietet mir eine Wange zum Küsschen an. All das aber erst nach einer Blutabnahme – minutenlange Suche nach einer verborgenen Vene – und einer Spritze tief in den Bauchspeck. Aber das war der Morgengruß einer anderen Schwester, sodass ich die Geburtstagswünsche von Claudine ohne Vorbehalt genießen kann.

Ich schreibe einen Zettel: HANS 55 ANS - BON ANNIVERSAIRE!, stelle ihn vor dem Spiegel im Badezimmer auf und fotografiere ein Selbstporträt mit Geburtstagskarte. Meine Brust ist zugeklebt mit Elektroden, eine meterlange Binde hält meine Beinschlagader zusammen. Das schaut gut aus auf einem Geburtstagsfoto.

Dann setze ich mich zum Balkon hin und schreibe weiter. Die hübsche dunkle Putzfrau, die jeden Morgen das Zimmer aufwischt, macht wieder ihren Dienst. Die Tagesabläufe wiederholen sich: Immer, wenn ich morgens schreibe, kommt sie herein und putzt ohne viel zu reden das Zimmer. Trotz der Schweigsamkeit wird der Kontakt von Tag zu Tag besser. Ich erzähle ihr, dass ich über die Leute hier schreibe, auch über sie, und das interessiert sie. Sie heißt Sharifa, ist arabischstämmig und mit einem Franzosen verheiratet. „Pah, wenn jemand ein Buch über das Spital schreiben würde – da gäbe es genug Sachen zu erzählen." Ich soll ihr auf jeden Fall eine Kopie schicken. Das Eis ist gebrochen. Sie wünscht mir auch alles Gute zum Geburtstag. Aber ohne Küsschen.

Das Telefon klingelt heute noch häufiger als sonst. Schon am Morgen grüßt mich Traude mit : „Alles Gute, mein lieber Alter!" und drückt mir einen telefonischen Kuss ans Ohr. Jo meldet sich aus Lissabon und erzählt von einer langen Nachtfahrt im Zug, und dass er wissen möchte, ob er am Ende der Reise gemeinsam mit Traude im Auto von Toulouse nach Wien fahren soll. Meinen Geburtstag hat er nicht registriert. Typisch 17! Kathi ihrerseits vergisst den Geburtstag nicht – sie ruft gleich zweimal an. Beim ersten Gespräch steht der Pfleger daneben und klopft ungeduldig auf die Lehne des Rollstuhls, mit dem er mich zur Untersuchung bringen soll, also meldet sich Kathi später noch einmal. Mir wird wieder einmal bewusst, wie sehr mich neben ihrer verlässlichen Seite vor allem diese liebevolle Anhänglichkeit eines kleinen Mädchens berührt. Annemie und Marcel melden sich, aber auch Traudes Geschwister und einige Freunde aus der Hausgemeinschaft, in der wir wohnen.

Alle hier sagen, dass man mir die 55 Jahre nicht ansieht. Ist 55 so alt? Ich bin 55, habe einen Herzinfarkt hinter mir, würde gerne meine Arbeit als Lehrer an den Nagel hängen – das heißt, in Pension gehen – aber alt? – alt bin ich nicht. Alt sind die anderen. Immer die, die 5 Jahre älter sind. Das wird wahrscheinlich immer so bleiben.

Und jetzt bin ich in Rangueil gestrandet, 300 Kilometer vom Atlantik und 300 Kilometer vom Mittelmeer. Mein Geburtstag steht ganz im Zeichen der Herbergssuche – eine unerwartete Parallele zu Jesus. Die Spitalsverwaltung ist fest entschlossen, mich vor die Türe zu setzen. Die Flugambulanz bietet einen Rücktransport in einer Woche an.

Das wird interessant. Soll ich mich in ein billiges Hotel legen, mit den Aufzeichnungen der vergangenen High-Tech-Untersuchungen als Bettlektüre? Im Internetcafe könnte ich mir wieder und wieder die CD-ROM von meiner Herzoperation vorspielen, vielleicht interaktiv. Nehmen wir heute zur Abwechslung die linke Arterie, schauen wir, was der Patient macht, wenn wir ihm den einen oder anderen Stent wieder rausziehen. Das könnte man akustisch mit Jammern, Röcheln bis hin zum Todesseufzer unterstützen. Nach dem Exitus darf man wieder von

vorne anfangen. Insgesamt hat der Spieler neun Leben.

Am Vormittag gibt es noch einmal eine größere Untersuchung, eine Szintigrafie. Ich werde in eine riesige Röntgentonne gesteckt und eine halbe Stunde lang passiert eigentlich nichts. Ich werde wieder zum Karnickel, das gebannt auf die Schlange starrt. Diese riesigen Apparate strahlen eine eigenartige Autorität aus.

Kaum bin ich zurück, tanzen die drei Sonnen ins Zimmer und intonieren „Happy birthday to you". Auf einem goldenen Papierteller wird mir ein Extradessert serviert, Brandteigkrapfen in Schokoladesauce. Und eine extra große Schüssel Salade Niçoise, besonders schön garniert. Keine zwei Minuten nach ihrem Auftritt schwebt auch Traude ins Zimmer und legt gleich ein Geschenkspäckchen dazu. So sitze ich wie ein Fünfjähriger im Türkensitz inmitten meiner Geburtstagsgeschenke. Traude klettert auf den Lehnstuhl, um ein Foto von dem ganzen Arrangement zu schießen, findet nicht die richtige Einstellung und klettert noch höher, bis sie auf der Lehne steht. Hoffentlich geht das gut, denke ich, es blitzt und – das Foto ist geschossen und nichts ist passiert. Von diesem Geburtstag wird es die bizzarsten Fotos geben. Traude hat mir als Geschenk eine Zitronentorte gebracht. Ich will meinem Nachbarn ein Stück schenken, was darauf hinausläuft, dass ich ihm mit dem Löffel einen Bissen in den Mund fülle. Damit hat er genug.

Traude bringt mir eine kleine Steinstatue nach einem romanischen Vorbild: Ein Paar, das sich gegenseitig die Ohren zuhält, um den Versuchungen der Außenwelt zu widerstehen. „Fidelité" (Treue) heißt das Motiv. Traude meinte, es würde „fidel" im Sinne von „kreuzfidel" bedeuten. Sagt sie jedenfalls. Heiliger Freud, schau herunter!

Und Traude hat auch noch eine Neuigkeit für mich: Die Flugambulanz hat einen zweiten Patienten aufgetrieben, mit dem ich den Flug teilen kann. Also doch: Heim im Lear Jet! Und zwar morgen schon.

Trotz aller Schicksalsergebenheit bin ich hocherfreut über diese unerwartete Wendung. So ein kleiner Düsenjet hat unleugbar seinen Reiz.

Wir warten den ganzen Nachmittag auf genauere Instruktionen, aber die Angaben bleiben unklar und widersprüchlich. Eine Schwester fragt mich, ob ich mit dem Auto zum Flugplatz fahre, wenn morgen um

11 Uhr der Flieger kommt. Ich nehme das Ansinnen nicht ernst und zucke mit der Schulter: „Ich weiß noch weniger als Sie, ich bin ganz in Ihren Händen".

Am Abend genieße ich vom Balkon aus – wahrscheinlich zum letzten Mal – sehr bewusst den Blick über die Lichter der Stadt. Die meisten Lampen sind orange, leicht rötlich. Toulouse, die rosa Stadt, so nennt sie sich. Ursprünglich wegen der allgegenwärtigen Ziegelbauten. Aber auch grelle weiße Lichter mischen sich in das Farbenspiel, Lichtreklamen in allen möglichen Farben, blau, grün, rot; die Rücklichter der Autos und der Rhythmus der Verkehrsampeln. Rund um das Spital schläft die Stadt bereits – bis wieder eine Notfallsirene aufheult und man ein blau blinkendes Fahrzeug dahinjagen sieht. Über der Stadt blinkt etwas rot – ein Turm? Einen Augenblick später stellt sich heraus: Ein Hubschrauber, der das Spital anfliegt. Sein Scheinwerfer zerschneidet den Himmel über der ruhenden Stadt. Dann landet er dröhnend irgendwo in nächster Nähe, wo ich nicht hinblicken kann.

In weiterer Entfernung rücken die Lichter enger zusammen und bilden einen amorphen, flimmernden Lichtkörper, leicht rötlich. Dort ungefähr muss sich die Altstadt an die Flussbiegung der Garonne schmiegen. Ich betrachtete die Stelle untertags oft mit dem Fernrohr. Nicht weit davon liegen die mittelalterlichen Kirchen St. Sernin und Eglise des Jacobins, von denen Traude so beeindruckt erzählt hat. Ich habe Toulouse diesmal nur von meinem Balkon aus gesehen. Und es ist 25 Jahre her, dass ich einmal einen Spaziergang durch die Stadt gemacht habe.

Für heute, Freitag, um 11 Uhr ist mein Abflug geplant – wenn nichts dazwischenkommt. Im Prinzip wissen alle auf der Station, dass ich heim fliege, aber so ganz genau wie und wann, das weiß niemand. Der Reihe nach kommen die Ärzte, die Schwestern, die Pflegerinnen und wünschen mir gute Reise.

Die Schwester mit den beiden Linken wird damit beauftragt, vor der Abreise die Kanüle aus meinem Unterarm zu entfernen. „Keine Blutabnahme diesmal," lächle ich sie beruhigt an. Sie zupft an den zehn Schichten Klebeband, rupft einmal hier, einmal dort, schließlich reißt sie mit den Klebebändern den ganzen Katheter mit einem Ho-Ruck quer zur Stichrichtung heraus, dass die Fetzen fliegen. Sie lächelt unschuldig. Eigentlich naiv-blöd.

Aber mein Zorn ist ungerecht. Bei einer letzten Aktion an mir – eine diesmal wirklich harmlose Geschichte – frage ich sie, ob sie gerade eine Ausbildung macht – und schließlich stellt sich heraus, warum sie sich so anstellt: Es ist ihr erstes einmonatiges Praktikum als Schwesternschülerin. Wieder einmal bin ich – ungefragt – zum Unterrichtsmaterial geworden.

Dann wird es wahr: Die Tiroler stehen vor der Tür. Ich bin schon seit zwei Stunden reisefertig.

Traude ist auch noch ins Spital gekommen. Sie muss jetzt 2000 Kilometer mit dem alten Nissan Micra zurückfahren. Jetzt ist sie es, der ich am liebsten ein Kri-Kri oder einen anderen Glücksbringer mitgeben würde. Hoffentlich hält das Auto, hoffentlich passiert nichts.

Ein inniger Kuss noch, und ab geht's – bis zum Schwesternzimmer. Der Abschlussbericht, den mir Dr. Tauzin hoch und heilig versprochen hat (er sagte auch, dass er das Resumée auf Englisch schreiben würde), das wichtigste Dokument für die weitere Behandlung zu Hause, fehlt noch. Ich liege auf der Bahre, zehn Meter von meinem Ex-Zimmer entfernt, und warte. Der Tiroler Arzt schaut auf die Uhr. In einer halben Stunde ist der Abflug vorgesehen.

Eine halbe Stunde später allerdings warten wir auf derselben Stelle noch immer. Die Ärztin, die mit der Flugambulanz gekommen ist, wandert unruhig auf und ab, der Arzt schaut immer wieder auf die Uhr: „Wir müssen heute noch nach Zakynthos!" Mit der südlichen Unpünktlichkeit hierzulande aber kann er nicht viel anfangen. Da nützt es auch nichts, dass ich ihm erkläre, dass ich mich selbst an diese Unpünktlichkeit ganz schnell gewöhnt habe – das Problem sei für mich eher die Pünktlichkeit.

Wo bleibt das Abschlussdossier? Keine Antwort. Die Sekretärin ist sichtlich noch dabei, es zu tippen. Und als es nach einer Stunde endlich getippt ist, kann weit und breit kein Arzt aufgetrieben werden, um es zu unterschreiben.

Dem Tiroler Arzt – der ansonst ein ganz passabler Bursch ist – platzt der Kragen: „Nix jetzt! Wir fahren ohne Unterschrift!" Und im Eilschritt schieben sie mich durch das Gewirr von Gängen und Aufzügen. Einer der französischen Rettungsfahrer nimmt seinerseits die Sache – das heißt, die

Abschlussdokumente – in die Hand, verschwindet, und als wir beim Krankenwagen sind, taucht er auch wieder auf: offensichtlich mit irgendeiner Unterschrift – egal, welcher.

Wieder einmal geht's mit Blaulicht und Folgetonhorn in rasanter Fahrt quer durch die Stadt. Wir müssen ja heute noch nach Zakynthos. Warum die Flugambulanz doch noch mit der Versicherung ins Geschäft gekommen ist, erklärt mir der Tiroler so, dass sie heute schon einen Patienten nach England geflogen hätten, und deshalb konnten sie mich auf dem Rückflug billig mitnehmen. Also doch kein Massenbergunglück in den Pyrenäen.

Der kleine Jet schaut ziemlich schnittig aus: Da muss ich noch einmal, auf der Bahre liegend, mit Arzt und Ärztin –„Cheers!"- ins Bild. Wir fliegen mit einer zweistrahligen Cessna Citation. Warum habe ich mir immer eingebildet, dass es ein Lear-Jet sein muss? Ich habe überhaupt keine Vorstellung von einem Lear-Jet. Für mich ist das so etwas wie ein Ferrari mit Flügeln.

Im Cockpit vorn kommen die Armaturen in Bewegung. Die Piloten werfen einen Blick zurück in den Fahrgastraum. „Alles bereit?"

Ich selbst bin auch wieder verkabelt. Die Maschine startet durch. Mein Blutdruck steigt, das lässt sich auf dem Monitor vor uns verfolgen. Die EKG-Kurven schlagen aus wie wild. Wendig wie ein Vogel hebt der kleine Jet ab.

Die Sanitäter von der Toulouser Rettung bleiben auf dem Flugfeld zurück. In Minutenschnelle verschwindet der Jet im silberblauen Himmel nördlich über der Stadt. Die junge Frau im Rettungswagen meldet sich bei der Zentrale. Bereit für den nächsten Transportauftrag.

Im Zimmer 664 des Krankenhauses von Rangueil wird ein Bett frisch überzogen und ein neuer Patient ins Zimmer geschoben.

Die Cessna Citation überfliegt der Reihe nach das Zentralmassiv, die Rhône und die Alpen. Einer der eisbedeckten Berge zur Rechten muss wohl der Mont Blanc sein.

NACHTRAG

6 Monate später.

Ich geh wieder zur Arbeit, aber nur mehr Halbzeit. Wenn ich Sport betreibe, kontrolliere ich den Puls mit einer Messuhr, um mich nicht zu sehr zu belasten. Was darüber hinausgeht, verursacht mir Brustschmerzen.

Traude und ich haben inzwischen geheiratet. Es war eine bescheidene, sehr fröhliche Hochzeit. schließlich haben wir einen inzwischen 18-jährigen Sohn.

Dr. Galley schickt mir von Zeit zu Zeit ein E-Mail und fragt, ob ich noch lebe. Er braucht das für seine Statistik.

Marcel versorgt mich immer wieder mit medizinischen Informationen. Wenn ich mich möglichst vegetarisch ernähre, dazu ein bisschen Fischöl schlucke und jeden zweiten Tag eine Dreiviertelstunde laufe, dann wird es wieder, meint er.

6 Jahre später.

Ich habe die Vorschläge beherzigt und sie haben geholfen. Im letzten Winter traf ich Marcel zum Skifahren in Briançon, nördlich von Nizza. Es war großartig.

Bisherige Buchveröffentlichungen von Hans Bednar:

„Südheide" – Das Wunderland vor den Toren Wiens (gemeinsam mit Kim Meyer-Cech, Verlag Mandelbaum, Wien 2003). *Bildband mit viel Hintergrundinformation über die Region südlich von Wien.*

Cartoongeschichten:
„ Rombo – Schon wieder nicht aufgepasst" (promedia Verlag, Wien 1988). *Vaterfreuden aus der Vogelperspektive.*
„Rombo – Das Foto, das dem CIA noch fehlt" (Eigenverlag, 1990). *Vaterfreuden II - ein Roadtrip.*

Die Bücher können, falls im Buchhandel nicht lieferbar, direkt beim Autor bezogen werden.

hans.bed@aon.at